LE THEATRE MODERNE.

SATIRE

lue à l'Athénée des arts, dans sa séance publique du 29 mars 1847,
à l'Hôtel-de-Ville de Paris.

PAR

LE COMTE DE BORDESOULLE.

PARIS, 1847.

LE
THÉATRE MODERNE.

SATIRE

lue à l'Athénée des arts, dans sa séance publique du 29 mars 1847,
à l'Hôtel-de-Ville de Paris,

PAR

LE COMTE DE BORDESOULLE.

PARIS, 1847.

LE

THÉÂTRE MODERNE.

SATIRE.

J'aime fort le théâtre, et pense, sur ma foi,
Qu'à peu de frais il donne un vrai plaisir de roi.
Pour moi, je ne sais point de douceur comparable
A celle qu'on ressent, lorsque quittant la table,
On s'avance en fumant le long des boulevards
Vers l'un de ces palais élevés aux beaux-arts,
Quand, le cigare éteint, l'on se rend à sa stalle,
Quand là, bien chaudement, à son aise on s'étale
En face des tableaux sombres ou gracieux
Qui charment tour à tour et l'esprit et les yeux.
La foule qui bruit dans ces vastes enceintes,
Sous les clartés du gaz, l'or et les toiles peintes,
La beauté, le talent, la musique, les vers,
Tout pour nous enivrer a des attraits divers.

Il n'est point de chagrin, d'ennui qui ne s'oublie
Lorsqu'un acteur habile, une femme jolie,
Soutenant avec art un prestige enchanteur,
Ajoutent leur esprit à l'esprit de l'auteur.
Sommes-nous mécontents de l'œuvre dramatique?
Il nous reste un plaisir, celui de la critique.
C'est un droit qu'à personne on ne peut refuser,
Je l'ai payé cent fois, et je veux en user.
Ne craignez pas, messieurs, que d'une voix hardie
Je trouble en son repos la noble tragédie.
Je la respecte trop pour l'aller voir souvent,
Et ses dieux d'aujourd'hui me trouvent peu fervent.
Qu'il nous vienne un Corneille, un Racine; avec zèle
On me verra courir à la pièce nouvelle.
Jusque-là, je m'abstiens. Dans ses genres divers
L'art voit à ses essais dix théâtres ouverts.
Mais d'où vient, lorsque naît plus d'une œuvre applaudie,
Qu'on cherche vainement la bonne comédie?
N'est-il plus de sujets qui puissent inspirer?
Il en est tout autant qu'on en peut désirer,
Plus même qu'aux beaux jours de nos meilleurs comiques;
Ils ne connaissaient pas nos hommes politiques.
Chaque siècle a ses mœurs, ses vices, ses travers
Que le poëte observe et retrace en ses vers.
Dans nos salons, partout le ridicule abonde,
L'esprit ne manque pas, mais des œuvres qu'il fonde

Le charme s'évapore ainsi que le bouquet
Du champagne mousseux qui pétille au banquet.
Maint auteur du comique a cru trouver la source
Dans l'argot des faubourgs ou le jeu de la bourse.
J'aime peu dans un vers les primes, les reports,
Et j'ai trop vu *Chicard* en ses fougueux transports
On peut faire à la scène une plus noble étude.
Plusieurs ont essayé, mais la besogne est rude.
Ils commencent gaîment, puis promptement lassés,
N'ayant plus à fournir que des traits émoussés,
Pour éviter la chute, ils s'accrochent au drame
Qui charitablement leur tend sa sombre trame.
Le spectateur s'étonne, et bientôt s'attendrit.....
Le cœur est plus facile à toucher que l'esprit.
Je sais qu'on rit souvent, mais c'est de ce gros rire
Que propage aisément un burlesque délire.
Sans vouloir condamner cette folle gaîté
Que prodigue la farce au public enchanté,
Je regrette pourtant cette gaîté décente,
Ce rire de bon goût qui d'une œuvre élégante
Accompagnait jadis le comique élevé.
Ce plaisir délicat qui nous est enlevé
Naissait d'un esprit vif, gai, fécond, plein d'adresse,
S'épanchant sans efforts, sans abus sur la pièce,
De caractères neufs avec art dessinés,
D'une prose énergique ou de vers bien tournés,

De tableaux vrais, piquants, de fines railleries
Où la raison perçait sous les plaisanteries,
D'épigrammes sans fiel, et de ces mots heureux
Vibrant comme l'écho d'un son harmonieux.

Jadis, quand on chantait le vin et la folie,
Un auteur qu'on aimait, qu'aujourd'hui l'on oublie,
Pour un public épris de ses joyeux couplets
Eleva dans Paris un modeste palais,
Et mit sur le fronton de ce riant asile :
« Le Français né malin créa le vaudeville. »
Aujourd'hui cette scène aux lointains boulevards
Emprunte des douleurs, des poisons, des poignards,
Et semble pour devise avoir cette épigramme :
« Le Français né dolent créa le mélodrame. »
Oui, le gai vaudeville, à défaut de chanson,
De sa voix fausse entonne un lugubre flon-flon.
Partout l'art se fait triste ou devient monotone,
Et pour nous amuser on pleure ou l'on raisonne.
Et puis que de sujets étranges, hasardeux !
Que de fois l'on abuse aussi du merveilleux !

Aux temps où florissait la tragédie antique,
Un poëte lassé de sa pompe classique
Criait piteusement en joignant ses deux mains :
« Qui nous délivrera des Grecs et des Romains? »

Moi , je dis, imitant son accent lamentable :
« Qui nous délivrera de l'enfer et du diable ? »
Lorsque Gœthe illustra dans de sublimes vers
Ce grand type infernal qu'admire l'univers ,
A la voix du poëte, honneur de l'Allemagne ,
Les démons déchaînés se mirent en campagne ,
Et dans tous les recoins du théâtre déchu
Quelqu'ange ténébreux fit voir son pied fourchu.
Depuis lors, en tous lieux , drames et vaudevilles
Ont fêté ces gaillards aux façons peu civiles ,
Qui, montrant sans pudeur leurs cornes au public ,
Dardent sur l'innocence un œil de basilic.
Nos auteurs ont pour tous une intrigue pareille ,
Et des mêmes tableaux il faut qu'on s'émerveille.
Dans ces œuvres on voit, sans en être surpris ,
De l'esprit quelquefois , mais toujours des esprits.
Vous le savez, ce sont nos théâtres lyriques
Que fréquentent surtout ces hôtes frénétiques.
Là l'orchestre et les chœurs unissent leurs efforts ;
En bizares effets, en sauvages accords ,
En dessins contournés la science s'étale ,
Et puis c'est un tapage à renverser la salle !
Jusque dans nos concerts les démons font leur train ,
Ils chantent en tous lieux , si ce n'est au lutrin.
Acceptant du piano la trop faible assistance
Le genre diabolique a gagné la romance ,

Et l'autre soir encor, j'entendais Belzébuth
Avec un son flûté tâchant d'atteindre l'ut.

Je le dis franchement, sans craindre le scandale :
Pour moi, je n'aime pas la musique infernale,
Les rondes du sabbat et les chœurs de lutins
Hurlés à grand renfort de cornets à bouquins.
Pour des effets moins fous réservons l'harmonie.
Je puis dans ses écarts admirer le génie,
Mais mon cœur reste froid. Ce chant sans vérité
S'arrête à mon tympan vainement tourmenté.
Je ne sais pas, au vrai, comment chante le diable,
Mais il doit chanter faux, la chose est fort probable.
Ce ne doit donc pas être un héros d'opéra,
Et je répète encor, qui m'en délivrera !
Quand je vois sur la scène un démon qui s'agite,
Je lui voudrais pouvoir jeter de l'eau bénite.

Compositeur, poëte, à quoi bon explorer
Ces mystères où l'œil ne saurait pénétrer ?
Quittez l'affreux séjour du vampire et du gnome.
Il est un autre enfer, et c'est le cœur de l'homme !
Cet abîme où Satan dépose ses fureurs,
Ce volcan qui vomit tant de haine et de pleurs !
Ne trouvez-vous donc plus au fond de ces cratères
Assez de passions, de deuil et de misères !

Avez-vous su ravir à ces antres profonds
Tout ce qui s'élabore en leurs replis féconds ?
Avez-vous épuisé cette lave brûlante
Où déborde le fiel qui bouillonne et fermente ?
Non, ce torrent fougueux toujours coule à pleins bords,
Et son cours ne s'arrête, hélas, que chez les morts.
Le monde compte assez de malheurs et de crimes,
De fourbes, d'envieux, d'oppresseurs, de victimes,
Pour qu'un puissant génie offre à nos yeux l'enfer
Sans aller sur la scène évoquer Lucifer.

Peignez-nous la nature, amis, c'est le plus sage.
Retracez avec soin sa poétique image,
Sans en exagérer les contours et le ton,
Et sans l'étudier enfin à Charenton.
Ne pensez pas qu'armé d'une foudre classique
Je vienne provoquer l'école romantique.
Le beau, conforme ou non à la triple unité,
N'a pour moi qu'une règle ; et c'est la vérité.
Les plus ardents soutiens des doctrines nouvelles,
Aux chartes d'Aristote incessamment rebelles,
Ont souvent enchaîné mon esprit et mes sens
Au prestige qui naît de leurs mâles accents.
Mais que dirai-je ici de ces luttes horribles
De vices monstrueux, de vertus impossibles
Qu'étalent la plupart de ces drames sans fin

Que l'on sert au public pour apaiser sa faim ?
Ce sont de lourds repas à huit ou dix services
Où l'on a prodigué le poivre et les épices,
Et ces mets irritants paraissent sans défauts
Quand l'hôtesse est jolie et qu'ils sont servis chauds.
Dans l'assaisonnement cependant, moi je pense
Que l'on met quelquefois un peu trop de vengeance.
La vengance a du bon; mais comme du piment
On ne doit en user qu'avec ménagement.
J'aperçois trop souvent dès l'aurore d'un drame
Un monsieur qui recèle au fin fond de son âme
Quelque rancune atroce, un venin corrodant
Qui du *père Sournois* laisse bien loin la *dent*.
Sauf ce léger travers, il est assez aimable
Et prend même au début certain air fashionable.
Il pourrait être heureux, il semble bien portant,
De son rang dans le monde il est assez content
Et jouirait en paix d'une honnête fortune,
Si ce n'était toujours sa diable de rancune !
Chacun à son idée. Il se tourmente au mieux,
Se ruine à plaisir et se fait malheureux,
Au lieu d'être paisible en oubliant un homme
Qui l'offensa jadis, on ne sait ma foi comme.
Il pourrait en duel tuer son ennemi,
Mais fi donc ! ce serait se venger à demi.
Il lui faut plus et mieux. Il court, il se démène

Tellement qu'à la fin il me fait de la peine,
Et qu'au fond de l'abîme où le jette l'auteur ,
Ce fou m'inspire plus de pitié que d'horreur.

Parlons de nos acteurs. Respectons les tragiques ,
Leur toge les protége, et voyons nos comiques.
Il en est d'excellents, mais quelques-uns d'entre eux
Font un peu trop valoir en leurs ébats joyeux
De grotesques défauts, bizarres avantages
Dont le ciel a doté leurs tailles, leurs visages.
Si pour nous plaire, il faut des gens laids, mal tournés
Ces messieurs, j'en conviens, étaient prédestinés.
L'un doit de grands succès à l'énorme structure
Du nez phénoménal qui pare sa figure.
L'autre étale son ventre et croit que la gaîté
Se mesure à l'ampleur de son obésité.
Là-bas, c'est la maigreur. Des bras de télégraphe,
Sur un corps de lézard un grand cou de girafe.
Et le public de rire, et ma foi tout est dit,
Un homme si bien fait a-t-il besoin d'esprit ?
Tel, myope à l'excès, tire un effet comique
Des clignements bouffons d'un œil microscopique.
Tel autre voit offrir des lauriers toujours verts
A sa lèvre épatée, à son cou de travers ;
Celui-ci nous fait voir sur une large bouche
Un atome de nez , et de plus il est louche.

Celui-là grâce au ciel est toujours enrhumé
Et bénit chaque soir son larynx opprimé,
Car il doit aux effets de cet heureux catarrhe
Pour égayer les gens l'organe le plus rare.
Ses accents enroués comme un croassement
Excitent au parterre un doux ravissement.
Son rhume fait sa gloire, et cet acteur qu'on gâte
Du célèbre Regnaut doit abhorrer la pâte.

Ainsi, pour réussir, maladie ou laideur
Tout est bon, tout s'escompte au profit de l'acteur.
Et dans ce cabinet d'échantillons difformes
Où le laid idéal s'offre sous tant de formes,
Sur le théâtre enfin le spectateur déçu
S'étonne de chercher vainement un bossu.
Il est temps de remplir cette vaste lacune.
Un Mayeux naturel ferait bientôt fortune.
Mais tout cela vraiment, n'est-ce pas abuser
Du droit de faire rire, et pour nous amuser
Ira-t-on recruter bientôt la comédie
Aux salles de l'hospice ou de l'orthopédie ?
Sans doute, parmi ceux que je viens de citer
Il est de vrais talents qu'on ne peut contester.
Mais contents de trouver une recette sûre
Dans les étranges dons que leur fit la nature,
Ils dédaignent souvent les règles du bon goût,

Ils négligent leur jeu, sont les mêmes partout,
Se montrent satisfaits de succès éphémères,
Et sans étudier les mœurs, les caractères,
Du personnage à peine esquissant quelque trait,
Nous en donnent la charge et non pas le portrait.

Mais comment reproduire une vive peinture
Si l'auteur n'a tracé qu'une caricature ?
Trop souvent en effet, à la honte de l'art,
Une absurde parade affligea mon regard.
Eh qu'importe ? avant tout il faut remplir la caisse.
Aux essais les plus vils le théâtre s'abaisse.
Il montre un phénomène, un athlète, un jongleur,
Des animaux domptés; le voilà bateleur !
N'est-ce pas profaner les pompes dramatiques ?
Mais réservons nos traits pour les *scènes plastiques*.
Je ne viens point ici faire le scrupuleux,
Pourtant puis-je approuver ces tableaux graveleux
Où sous quatre châssis qui figurent des nues,
Nous voyons des beautés en apparence nues ?
Est-ce au profit de l'art ou de la volupté
Que l'on offre au public leur feinte nudité ?
L'artiste étudiant sur de vivants modèles
La nature soumise à ses pinceaux fidèles,
Ferme son atelier, réduit mystérieux
Dont il sait éloigner tout regard curieux.

Et c'est en plein théâtre, en des salles brillantes
Qu'on montre à tous les yeux ces poses provoquantes,
Et ces groupes lascifs qui dans de jeunes cœurs
Allument tout à coup d'impudiques ardeurs?
Après avoir souffert de telles saturnales,
Pourrez-vous réprimer de moins honteux scandales?
Irez-vous, désolant quelques vieillards fripons,
Des nymphes du ballet allonger les jupons?
Aux bals trop peu masqués, quand une foule immense
Se livre follement aux écarts de sa danse,
En arrêterez-vous l'élan désordonné?
Mais si vous le tentez, le danseur aviné
Au sergent inquiet de son pas excentrique
Répondra « J'exécute une pose plastique. »
Tout doit vous sembler pur, près du tableau vivant.
Là triomphe le vice. Avouons-le pourtant,
La couleur des maillots est fort peu naturelle,
Et l'on croit voir Vénus en gilet de flanelle.
Le ridicule ici se mêle au gracieux.
Mais le danger survit. Sous ces tissus poudreux
La forme palpitante a toujours sa magie,
Et le désir qui naît s'éteindra dans l'orgie!

Est-ce ainsi que formant les esprits et les cœurs,
Le théâtre en riant sait corriger les mœurs?
Castigat ridendo..... devise mensongère!

Qui pense à corriger? On ne cherche qu'à plaire.
Des acteurs plus vêtus ne corrompent pas moins
Dans ces hardis essais dont on nous rend témoins,
Lorsque dans des sujets dont la pudeur s'offense,
De funestes attraits on pare l'indécence.
Ne peut-on exciter notre gaîté, nos pleurs,
Sans quolibets grivois, sans lubriques fureurs?
Je voudrais que l'on prît quelques sages mesures
En puisant, s'il le faut, à des sources impures;
Je voudrais qu'une femme enfin pût applaudir,
S'amuser franchement, tout entière au plaisir,
Sans craindre à chaque instant une équivoque obscène,
Sans devoir éloigner son regard de la scène,
Sans que son éventail, fragile défenseur,
Dût jamais lui servir à voiler sa rougeur.

Scribe sait nous charmer, d'autres savent nous plaire;
Mais aurons-nous jamais un moderne Molière?
Et pourquoi non? Malgré quelques fougueux écarts,
La France tient encor le sceptre des beaux-arts.
Que de noms font l'éclat de sa muse divine!
Châteaubriand, Hugo, Béranger, Lamartine,
Dumas, Musset, Balzac, et bien d'autres encor,
De la gloire française augmentant le trésor.
Que de peintres fameux parent notre musée!
De nos musiciens la verve est-elle usée?

Non. Nos compositeurs sont inspirés, féconds,
Nul étranger n'est grand si nous ne l'acceptons.
Et nos savants ? sont-ils des rêveurs monotones ?
Non. Leur génie aspire à d'illustres couronnes.
Vainement la nature en son immensité
Veut à nos faibles yeux cacher la vérité,
Leverrier, méditant au fond de sa retraite,
Fait d'un puissant calcul jaillir une planète ;
Son art l'a devinée, et son nom immortel
S'inscrit au firmament près de celui d'Herschel !
La science partout prend un élan sublime.
L'un mesure les cieux, l'autre explore l'abîme ;
Du bateau sous-marin l'intrépide inventeur
Payerne au sein des flots se promène en vainqueur,
Au fond de l'Océan va porter la lumière
Et d'un monde inconnu pénétrer le mystère.
En voyant éclater tant d'efforts triomphants,
La France avec orgueil peut montrer ses enfants.
Sous les vives clartés dont sa gloire l'inonde,
Elle marche toujours à la tête du monde.
Au rang qu'elle a conquis elle se maintiendra :
Il lui faut un Molière.... un Molière naîtra !

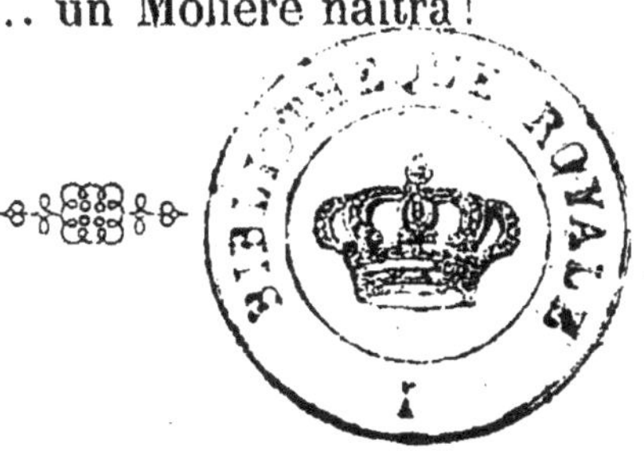